AF454746

NOTE ET RENSEIGNEMENTS

SUR LE FAC-SIMILE

DE LA

LETTRE DE CHARLOTTE DE CORDAY

A BARBAROUX.

NOTE ET RENSEIGNEMENTS

SUR LE FAC-SIMILE

DE LA

LETTRE DE CHARLOTTE DE CORDAY

A BARBAROUX.

Le fac-simile que nous publions ici reproduit la Lettre à Barbaroux telle qu'elle existe aux Archives Impériales, avec ses feuillets d'inégale grandeur, avec les signatures multiples qui couvrent ses marges, et les écritures du greffe qui viennent se mêler aux caractères tracés de la main de Charlotte de Corday.

Nous n'avons pas effacé ces empreintes de la procédure criminelle : elles montrent qu'avant d'être acquises à l'histoire, ces pages ont été considérées comme de simples pièces à conviction, saisies suivant les formes de justice, et jointes au dossier du tribunal révolutionnaire ; mais en conservant ces mentions techniques, il nous a paru indispensable de faire connaître quelle est leur signification, et d'indiquer les ressources qu'elles offrent pour l'intelligence de la Lettre en elle

1861

même, la classification de ses diverses parties et l'appréciation de son caratère moral.

Tel est l'objet de cette note, que, fidèle à notre plan (V. la préface, p. II), nous n'avons pas voulu confondre avec le texte des pièces officielles. Nous l'avons fait précéder d'un exposé, dans lequel nous avons retracé les circonstances qui mirent Charlotte de Corday en rapport avec Barbaroux, l'un des députés réfugiés à Caen, et qui l'amenèrent à lui adresser du fond de sa prison l'expression de ses dernières pensées.

I

Avant de se dévouer pour son pays, Charlotte de Corday s'était fait remarquer à Caen par son dévouement pour les malheureux, pour ses amis, et surtout pour les victimes des événements politiques. On la voyait fréquemment se rendre, accompagnée d'Augustin Leclerc, serviteur de madame de Bretteville, auprès des administrations, et solliciter avec zèle en faveur des proscrits, des prêtres emprisonnés, des religieuses privées de leur pension ou de leur asile (1). Au premier rang parmi ces personnes était madame Alexandrine de Forbin, qu'elle avait connue, dit-on, au couvent de l'abbaye de Sainte-Trinité, à Caen, et qui était devenue plus tard cha-

---

(1) « She seldom gave any opinion on the Revolution, but frequently attended the municipalities to solicit the pensions of the expelled religious or on any other occasion where she could be useful to her friends. » — Lettre écrite de Caen au moment de l'événement et publiée à Londres en anglais. Nous avons recueilli d'autres documents qui prouvent la parfaite exactitude de cette correspondance, que nous reproduirons elle-même dans toute son étendue.

noinesse d'un chapitre de Troyes (1). Madame de Forbin
s'étant retirée en Suisse après la suppression des ordres mo-
nastiques, le district de Caen la considéra comme émigrée, et
suspendit le service de la pension qu'elle avait touchée
jusque-là comme ci-devant religieuse.

Déjà des réclamations avaient été essayées, et les papiers
de madame de Forbin avaient été transmis au ministre de
l'intérieur. Ces démarches, commencées depuis six mois,
étaient restées sans résultat.

A cette époque, Barbaroux, proscrit par suite de l'attentat
des 31 mai et 2 juin, était venu chercher un refuge à Caen, où
s'organisait la résistance des départements de l'Ouest contre
l'usurpation de la Montagne. Le député des Bouches-du-
Rhône, né à Marseille, pouvait être considéré comme le com-
patriote des Forbin d'Avignon, l'une des grandes familles de
la Provence.

---

(1) V. l'Interrogatoire de Charlotte, p. 41. — Charlotte ne fait pas savoir
où elle avait connu Alexandrine de Forbin. Suivant la tradition, les deux
jeunes filles auraient été élevées ensemble au couvent de l'Abbaye-aux-
Dames, de Caen. Le fonds de cette Abbaye, mis à notre disposition avec une
inépuisable complaisance par le savant directeur des Archives du Calvados,
M. E. Chatel, n'a pu nous fournir aucune indication sur ce point. Il n'y
existe pas de liste de pensionnaires.

Comment madame de Forbin, chanoinesse de Troyes (c'est probablement
à raison de ce titre que Charlotte, dans son interrogatoire, l'appelle toujours *Madame*), comment, disons-nous, était-elle obligée de s'adresser au
district de Caen? Ne faudrait-il pas supposer que lors de la fermeture des
maisons religieuses, Alexandrine de Forbin serait revenue demeurer à Caen
auprès de son amie, et qu'elle aurait été portée sur la liste des émigrés du
Calvados après son départ pour la Suisse? Mais cette liste, que M. Chatel a
bien voulu rechercher pour nous, ne porte pas le nom de madame de
Forbin.

Charlotte de Corday songea à mettre cette circonstance à profit; elle dit elle-même que, « voulant faire finir l'affaire de madame de Forbin, elle alla trouver Barbaroux, qu'elle connaissait pour être l'ami de la famille de cette dame, et qu'elle l'invita à s'intéresser en sa faveur près du district de Caen » (Interrogatoire, p. 46). On a prétendu que le motif allégué par Charlotte n'était qu'un prétexte, et que son but était en réalité d'obtenir de Barbaroux un moyen d'entrer à la Convention ou de s'introduire chez Marat. On voit qu'au contraire elle lui demandait d'agir auprès du district de Caen, ce qu'elle n'aurait pas fait si elle avait eu la pensée secrète de se procurer des intelligences à Paris.

Barbaroux examina l'affaire qui lui était soumise, et il trouva la réclamation de madame de Forbin tellement juste, qu'il n'hésita pas, c'est lui-même qui parle, à y prendre le plus vif intérêt. Il pensa sans doute que le voyage fait hors de France par cette dame ne présentait pas les caractères d'un fait d'émigration. Mais il déclara, d'un autre côté, que les papiers avaient été mal à propos envoyés au ministre de l'Intérieur, et qu'il fallait avant tout les faire revenir de Paris. Il écrivit en ce sens à Du Perret, membre de la Convention et député des Bouches-du-Rhône, son collègue à double titre et son ami particulier. Du Perret servait déjà d'intermédiaire entre Barbaroux et madame Roland, alors détenue à l'Abbaye. Il était connu par son caractère ferme et courageux, et c'est ainsi qu'il se trouva mis en rapport avec les deux femmes les plus célèbres de la révolution. Barbaroux priait Du Perret, qui avait échappé à la proscription du 2 juin, de retirer les pièces en question du ministère de l'intérieur et de les lui envoyer à Caen. Cette lettre, dirigée par la voie de Rouen, ne parvint pas à son adresse. Du Perret déclara plus tard qu'il

ne l'avait jamais reçue. (Voir la lettre de Barbaroux à Du-
Perret, p. 57, et la réponse de ce dernier à Chabot. Séance
de la Convention. *Moniteur*, 1793, n° 197.)

Barbaroux était à Caen depuis le 15 juin (1). Sa première
entrevue avec mademoiselle de Corday peut se placer vers le
20 du même mois. Huit ou dix jours après, elle se présenta
de nouveau à l'Intendance, où étaient logés les députés réfugiés. Les papiers de madame de Forbin n'étaient pas arrivés à
Caen. Charlotte apprit alors à Barbaroux qu'elle s'apprêtait
à se rendre en personne à Paris. Elle offrit de se charger des
dépêches qu'il pourrait avoir à transmettre aux députés de
son parti, et en même temps elle demanda pour elle-même
une lettre de recommandation qui lui facilitât l'entrée du ministère.

Ces détails nous ont été transmis par Louvet et Meillan,
qui se trouvaient alors à Caen, et par M. Vaultier, qui avait
connu Barbaroux au moment de son séjour dans le chef-lieu
du Calvados (2).

A l'Intendance, où nous logions tous, dit Louvet, s'était présentée, pour

---

(1) L'acte d'accusation dressé contre madame Roland cite : 1° une lettre
datée d'Evreux, le 13 juin 1793, écrite par Barbaroux à Lauze-Du Perret,
dans laquelle on lit : « N'oubliez pas l'estimable citoyenne Roland, et tâchez
de lui donner quelques consolations dans sa prison; » 2° une autre lettre
datée de Caen, le 15 dudit mois de juin, du même au même, dans laquelle on
lit : « Tu auras sans doute rempli ma commission à l'égard de madame Roland, etc... » Barbaroux est donc arrivé à Caen entre le 13 et le 15 juin.

(2) V. les *Souvenirs de l'insurrection normande* dite *du fédéralisme*, en
1793, par M. F. Vaultier, ancien doyen de la faculté des Lettres de Caen,
publiés par M. George Mancel. Caen, Legost Clérisse, 1858. — Cet ouvrage
renferme sur Charlotte de Corday des détails qui nous paraissent beaucoup
plus véridiques que ceux donnés par Louis Dubois. Nous en ferons fréquemment usage dans le cours de notre publication.

parler à Barbaroux, une jeune personne grande et bien faite, de l'air le plus honnête et du maintien le plus décent. Il y avait dans sa figure, à la fois belle et jolie, et dans toute l'habitude de son corps, un mélange de douceur et de fierté qui annonçait bien son âme céleste. Elle vint constamment, accompagnée d'un domestique, et attendit toujours Barbaroux dans un salon par où chacun de nous passait à chaque instant. (*Mémoires de Louvet*, p. 114, édition Baudouin.)

Je me rendis à Caen vers la fin de juin, écrit Meillan, député des Basses-Pyrénées, et j'eus occasion d'y voir Charlotte de Corday, qui, peu de jours ensuite, délivra la France de Marat. J'étais un jour avec Guadet dans la grande salle de la maison que nous occupions : une jeune et belle personne se présente accompagnée d'un vieux domestique; elle demande à parler à Barbaroux; on le fait demander, nous les laissons ensemble. Elle lui demande une lettre de recommandation pour retirer de chez le ministre des papiers appartenant à une de ses amies, ci-devant religieuse; elle a cru devoir s'adresser à lui parce que son amie est, comme lui, du département des Bouches-du-Rhône. Barbaroux observe que la recommandation d'un proscrit est plus nuisible qu'utile, mais il offre d'écrire à son ami Duperret, dont il promet les bons offices. Elle accepte et se retire. (*Mémoires de Meillan*, p. 75, édition Baudouin.)

Meillan n'était arrivé à Caen que dans les derniers jours de juin. Son récit contient donc implicitement une date qui va être confirmée par M. Vaultier.

Un jour, dit-il, l'un des derniers du mois de juin, mademoiselle de Corday se présente à l'Intendance, accompagnée d'un domestique, et demande le député Barbaroux. Elle prétend avoir une affaire qui l'appelle à Paris : elle est chargée d'y réclamer au ministère de l'intérieur des papiers appartenant à son amie, mademoiselle de Forbin; elle désirerait, en conséquence, être recommandée à quelque député actuellement siégeant qui pût lui fournir le moyen d'être admise sans trop de difficulté dans les bureaux.

Elle offre d'autre part à messieurs les députés réfugiés de se charger pour eux de toutes les lettres qu'ils pourraient avoir à expédier à leurs collègues de Paris. Barbaroux, comme on le pense, promet et accepte avec empressement service pour service; seulement il est convenu que mademoiselle de Corday ne partira qu'un peu plus tard, et qu'elle reviendra à la huitaine chercher les dépêches qui seront mises alors à sa disposition. (*Souvenirs du fédéralisme*, p. 109.)

Les écrivains que nous citons croyaient que Charlotte de Corday n'avait eu que deux entretiens avec Barbaroux ; nous savons aujourd'hui par elle-même qu'elle était allée le voir *trois fois* (V. interrogatoire p. 46). Il y a donc eu une première entrevue : c'est celle que nous avons placée vers le 20 juin, et qui coïncide avec la lettre de Du Perret à Barbaroux adressée par la voie de Rouen ; — la seconde, qui vient d'être racontée par Meillan et Vaultier, est du 28 au 30 juin ; — la troisième eut lieu le 7 juillet 1793 ; la date en est écrite de la main même de Charlotte dans sa lettre à Barbaroux.

Ce jour, qui était un dimanche, une grande revue de la garde nationale de Caen était passée sur le cours, dit de la Reine, par le général Wimpfen, et à la suite, un bataillon de volontaires devait être formé pour rejoindre à Evreux l'armée fédéraliste. Charlotte de Corday assistait à cette revue. La pensée de frapper Marat était conçue depuis le 2 juin, mais le moment de l'exécution n'était pas encore arrêté dans son esprit ; elle déclare elle-même « que ce qui la décida tout à fait, ce fut le courage avec lequel les volontaires s'enrôlèrent après la revue du 7 juillet. » Elle vit tous ces braves gens prêts à risquer leur vie pour avoir la tête d'un seul homme qui leur échapperait probablement ; elle se dit que Marat ne méritait pas tant d'honneur, et qu'il suffirait du bras d'une femme pour faire justice de ses crimes. Ce sont ses propres paroles (V. lettre à Barbaroux, p. 1, verso). Il semble qu'elle ait été enflammée en ce moment d'une sorte d'émulation patriotique, et qu'elle ait juré intérieurement de prévenir l'arrivée des volontaires sous les murs de Paris. Ainsi, sous le coup de cette impression, elle arrête l'heure de son départ, jusque-là restée incertaine ;—elle se rend directement à l'Intendance, et va réclamer à Barbaroux la lettre qu'il lui avait promise. Là, c'est encore elle-même qui nous l'apprend dans son interrogatoire, elle parle à un grand nombre de députés, contrairement à ce qu'elle avait fait lors de ses précédentes visites (1) : elle s'entretient avec eux de l'ardeur des habitants de Caen à marcher contre les anarchistes de Paris, et elle s'affermit, par l'échange de sentiments communs, dans la résolution qu'elle a prise. On raconte que, dans cet instant, Petion, étant survenu, adressa quelques compliments à la belle aristocrate qui venait voir des républicains. « Citoyen Petion, répondit Charlotte, vous me jugez aujourd'hui sans me connaître ; un jour vous saurez qui je suis. » J'ai entendu, dit M. Vaultier, ces paroles répétées mot pour mot, de la bouche de Barbaroux. — (*Souvenirs du fédéralisme*, p. 104.)

C'est probablement à ce propos que Charlotte de Corday fait allusion elle-même dans sa lettre, lorsqu'elle écrit à Barbaroux : « Vous vous souvenez comme j'étais charmée du courage de nos volontaires et je me promettais bien de faire repentir Petion des soupçons qu'il manifesta sur mes sentiments.

— Est-ce que vous seriez fâchée s'ils ne partaient pas ? me dit-il. »

Petion supposait, suivant M. Michelet, qu'elle avait là

---

(1) *D.* Comment et où elle a connu les autres députés dont elle a dit ci-devant le nombre ?

R. Qu'étant tous logés à l'Intendance, elle a été trois fois voir Barbaroux et a vu les autres en même temps.

D. Si elle leur a parlé ou à quelques-uns d'entre eux ?

R. Qu'elle a parlé à beaucoup d'eux la dernière fois qu'elle a été à l'Intendance.

D. Sur quoi roulaient les conversations ?

R. Sur l'ardeur des habitants de Caen à s'enrôler contre les anarchistes de Paris. (*Interrogatoire*, p. 47.)

sans doute quelque amant dont le départ l'attristait. M. Michelet ne connaissait peut-être pas le propos rapporté par M. Vaultier d'après Barbaroux (1). Ce mot, adressé par Petion *à la belle aristocrate*, prouve que les soupçons qu'il manifesta, et qui blessaient Charlotte, étaient purement politiques. Mais nous admettons pleinement les lignes suivantes de l'éloquent historien, qui peignent très-bien Charlotte et Petion. — « Le Girondin, blasé après tant d'événements, ne comprenait pas le sentiment neuf et vierge, la flamme ardente qui possédait ce jeune cœur; il ne savait pas que ses discours et ceux de ses amis, qui dans la bouche d'hommes finis n'étaient que des discours, dans le cœur de mademoiselle de Corday étaient la destinée, la vie, la mort. »

Charlotte de Corday venait donc demander à Barbaroux la lettre qu'il s'était engagé à lui remettre huit jours auparavant. Barbaroux avait oublié sa promesse (2), il s'excusa, et le jour même il écrivit à Du Perret; sa lettre est datée du dimanche 7 juillet (V. 1er dossier, p. 57). Le lendemain, il envoya à Charlotte de Corday un paquet cacheté contenant diverses brochures politiques et la lettre pour Du Perret; à cet envoi était jointe une lettre adressée à Charlotte elle-même, et dans laquelle il lui demandait le *détail* de son voyage (interrogatoire p. 53). Meillan rapporte qu'elle le remercia par écrit et lui promit de l'informer, non du détail, mais du *succès*

---

(1) Cette parole avait bien été publiée par Louis Dubois, mais ce n'est que par les *Souvenirs du fédéralisme* qu'on a su que M. Vaultier la tenait de Barbaroux lui-même, et ce dernier ouvrage est postérieur à l'histoire de la Révolution de M. Michelet.

(2) « Barbaroux oublie sa promesse. Elle revient, il s'excuse et lui envoie la lettre le lendemain; elle l'en remercie par écrit, lui apprend qu'elle va partir, et lui promet de l'informer du succès de son voyage. Quand je n'aurais pas vu sa lettre, je ne m'en rapporterais pas moins au récit de Barbaroux. » (Meillan, p. 76.)

de son voyage, mot à double sens qui paraissait se rapporter à l'affaire de madame de Forbin et qui se référait sans doute au grand projet que méditait Charlotte. Elle ne parle pas dans son interrogatoire de cette réponse écrite qu'elle aurait adressée à Barbaroux ; mais le fait n'a rien que de vraisemblable, et celui qui le raconte avait eu sous les yeux la lettre même de Charlotte. (V. p. ix, note 2.)

Cette correspondance était échangée, le lundi 8 juillet. Huit jours après — jour pour jour — Charlotte de Corday adressait à Barbaroux la lettre datée de la prison de l'Abbaye. — C'était l'accomplissement de sa promesse : elle lui apprenait tout à la fois le détail et le succès de son voyage.

La question de savoir si Charlotte de Corday aimait Barbaroux n'a jamais été agitée sérieusement, et, en tout cas, elle est depuis longtemps résolue. Cependant, puisqu'une opinion, si condamnée qu'elle soit, trouve toujours des partisans, et que cette vieille erreur s'est encore reproduite récemment (1), nous saisissons l'occasion qui se présente de la combattre une dernière fois et d'en démontrer la fausseté.

---

(1) Nous ne pouvons rapporter en quels termes. Nous dirons seulement qu'on a invoqué l'autorité de M. de Pontécoulant et de Thibaudeau.

Or, M. de Pontécoulant, en juin et juillet 1793, siégeait à la Convention, il ne pouvait donc rien savoir par lui-même, et ses mémoires, comme ses paroles, prouvent que jamais il n'a tenu le langage qu'on lui prête. (V. *Souvenirs historiques* de Doulcet de Pontécoulant, t. I, p. 198 à 222 ; et notre ouvrage, p. 104.)

Thibaudeau, à la même époque de juin 1793, était en mission dans la Vienne ; en juillet, il était revenu siéger à la Convention. Il lui était donc impossible de connaître ce qui avait pu se passer à Caen entre Charlotte de Corday et Barbaroux, et ce qu'il a dit de Charlotte dément le langage qu'on lui a attribué. « Marat n'eût pas échappé lui-même à l'échafaud si le bras d'une femme courageuse ne l'eût conduit au Panthéon. » (*Mémoires sur la Convention*, t. I, p. 45.)

Il est d'abord de toute évidence que si Barbaroux eût inspiré une passion à mademoiselle de Corday, celle-ci ne se serait pas immolée avec un dévouement qui était un véritable suicide. — Barbaroux était en sûreté à Caen. — Il n'avait aucune raison de redouter Marat. — Il n'avait eu rien de personnel avec lui. — Il a dit hautement après l'événement que s'il avait eu à diriger le coup, ce n'est pas sur Marat qu'il l'aurait fait tomber.

Un prétendu amour pour Barbaroux ne peut avoir poussé le bras de Charlotte de Corday; il l'aurait plutôt retenu s'il avait existé.

Mais les faits que nous venons de retracer détruisent jusqu'à la possibilité d'un sentiment de cette nature.

Les entrevues de Charlotte de Corday avec Barbaroux sont comptées. — Elles ont eu lieu devant témoins, sous l'œil d'un homme de confiance de madame de Bretteville, sous la surveillance du public, qui affluait dans le salon de réception de l'Intendance.

Ces entrevues avaient un objet déterminé, connu, expliqué : l'affaire de madame de Forbin.

Elles ont été racontées d'une manière uniforme par trois témoins oculaires,

Louvet,

Meillan,

Vaultier.

Ces témoignages sont confirmés par l'interrogatoire que nous publions et par les autres pièces du procès (lettre de Barbaroux à Duperret, déclaration de Duperret lui-même, etc.). Que faut-il de plus? Ferons-nous remarquer que Barbaroux songeait si peu à mademoiselle de Corday qu'il avait oublié de préparer la lettre qu'il lui avait promise? Ajouterons-nous que, suivant M. Vaultier, il était alors assez vivement préoccupé d'une autre personne? (*Souvenirs du fédéralisme*, p. 102.) En l'absence des mémoires de Barbaroux, qui malheureusement sont perdus en cette partie, nous rapporterons ces lignes de M. Vaultier, qui nous semblent décisives :

« A mon retour à Caen, je ne revis Barbaroux que deux ou trois fois; il était triste et découragé. On parla de Charlotte de Corday, de son action, alors si récente, et de sa lettre, qui venait de paraître dans les journaux. « Je ne la connaissais « que par-là, disait Barbaroux, on ne me l'a pas laissé par- « venir. » Il exprimait une admiration sans bornes pour le caractère de cette femme, et le regret de ne pas l'avoir autrement connue. Il raconta comment elle était venue deux fois lui offrir ses services et lui demander des recommandations pour Paris; quelle réponse piquante elle avait faite à une plaisanterie de Petion, qui la qualifiait du nom de jolie aristocrate, etc., etc.

« Ils disent, ajouta-t-il en finissant, que c'est nous qui l'a- « vons chargée du fait. — Comme si de pareilles actions « s'entreprenaient par complaisance! En tout cas, si elle « eût pris notre avis, ce n'est pas Marat qu'elle aurait « frappé! »

Le roman tombe en présence de ces détails si positifs rapportés par un témoin digne de foi. Barbaroux, s'expliquant sur ses rapports avec mademoiselle de Corday, regrettait de l'avoir trop peu connue. Quoi de plus exclusif de l'hypothèse d'une liaison que l'expression d'un tel regret?

Après cette digression, et l'origine de la lettre à Barbaroux étant expliquée, il nous reste à en examiner la composition intérieure.

II

La lettre à Barbaroux a toujours été présentée comme ne formant qu'un écrit unique, conçu d'un seul jet, et composé au même instant, et nous avons dû nous-mêmes par abréviation donner un nom collectif aux parties dont elle se compose; mais elle présente en réalité deux lettres distinctes, dont l'une est datée en toutes lettres des prisons de l'Abbaye, et implicitement du lundi 15 juillet 1793, tandis que l'autre est adressée de la Conciergerie, à la date du 16 juillet, huit heures du soir.

Ces deux lettres ne diffèrent pas seulement par le moment et le lieu où elles sont écrites et par la dimension matérielle de leur format; elles se distinguent surtout par une nuance très-saisissable dans le sentiment qui les a inspirées. Pour se rendre compte de cette différence, il faut déterminer exactement les diverses situations de l'accusée par les phases correspondantes de la procédure, et dater en quelque sorte heure par heure chacun des feuillets écrits soit dans la *maison d'arrêt* de l'Abbaye, soit dans la *maison de justice* de la Conciergerie.

On demandera peut-être quelle est pour l'histoire l'utilité de ces minutieuses distinctions? Nous répondrons en citant textuellement les historiens les plus considérables de la Révolution, qui tous ont parlé avec détail de la lettre à Barbaroux. Il sera facile de reconnaître que l'absence de dates

précises les a jetés dans des embarras d'autant plus regret-
tables, que les pages consacrées par eux à l'épisode de Charlotte de Corday sont plus belles et plus dignes d'admiration.
C'est justement parce que les hommes supérieurs qui écrivent
l'histoire générale ne peuvent descendre à ces infiniment petits,
qu'il appartient aux collecteurs et aux éditeurs de documents
historiques de préparer les matériaux que d'autres mains plus
habiles mettront en œuvre. Telle est la tâche que nous nous
sommes imposée, espérant que notre travail permettra aux
historiens antérieurs de rectifier les légères imperfections
que nous allons signaler, et évitera de nouvelles erreurs aux
historiens futurs.

M. Thiers — *Révolution française*, Convention nationale,
ch. IV, p. 273, édition Furne de 1843 :

« Charlotte de Corday est condamnée à la peine de mort.
« Son beau visage n'en paraît pas ému ; elle rentre dans sa
« prison avec le sourire sur les lèvres, elle écrit à son père...
« Elle écrit à Barbaroux, auquel elle raconte son voyage et
« son action, dans une lettre charmante, pleine de grâce,
« d'esprit et d'élévation ; elle lui dit... » (Suit une analyse de
la lettre.)

M. Thiers suppose que les lettres à Barbaroux et à
M. d'Armont furent écrites après la condamnation et avant
l'exécution. N'est-ce pas oublier les paroles que renferment
ces deux lettres : C'est demain à huit heures que l'on me
juge. Charlotte ne pouvait écrire « c'est demain que l'on me
juge, » alors qu'elle était déjà condamnée. L'anachronisme est
évident. Non, après le jugement, Charlotte ne songe pas à
faire briller son esprit et à raconter avec grâce des anecdotes de voyage ; elle est grave, recueillie. Si elle parle
dans sa prison, c'est pour s'applaudir d'avoir délivré la
France ; si elle sourit encore sur la charrette, c'est le sourire

du dédain pour ceux qui l'injurient, de la pitié pour ceux qui ne peuvent la comprendre. (V. la notice sur le tableau d'Hauer, p. vi, et le récit de l'exécution, p. 98.)

M. de Lamartine — *Histoire des Girondins*, t. VI, § XXIX et **XXX** :

« Le président du tribunal révolutionnaire, Montané, vint « le lendemain interroger l'accusée à l'Abbaye. » (Cet interrogatoire n'eut lieu ni à l'Abbaye ni à la Conciergerie, mais bien au Palais-de-Justice, dans une salle d'auditoire. V. 1ᵉʳ dossier, p. 39.) M. de Lamartine rapporte ensuite que Montané tenta de généreux efforts pour sauver l'accusée, mais en vain ; elle trompa obstinément sa miséricordieuse intention, et revendiqua son acte comme sa gloire. Alors, « on la transporta à la Conciergerie. Madame Richard, femme « du concierge de cette prison, l'y reçut avec la compassion « qu'inspirait ce rapprochement de la jeunesse et de l'é- « chafaud. »

« Grâce à cette indulgence de ses geôliers, Charlotte ob- « tint de l'encre, du papier, de la solitude. Elle en profita « pour écrire à Barbaroux une lettre tronquée : cette lettre « racontait toutes les circonstances de son séjour à Paris, « dans un style où le patriotisme, la mort et l'enjouement « se mêlaient comme l'amertume et la douceur dans la der- « nière coupe d'un banquet d'adieu. »

Ici la lettre est citée textuellement, puis M. de Lamartine ajoute : « Cette lettre fut interrompue par la translation de la captive à la Conciergerie...; elle la continua dans sa nouvelle prison. » Ainsi, Charlotte de Corday n'est plus à l'Abbaye ; elle commence sa lettre grâce à l'indulgence de ses nouveaux geôliers, et tout spécialement à la bonté de madame Richard, qui lui fournit du papier et des plumes, comme elle offrira plus tard des fleurs à la Reine dans son cachot. Nous sommes donc bien en pleine Conciergérie : mais voici que la lettre est interrompue par la translation de l'accusée... Où ? à la Conciergerie, dans laquelle elle se trouve déjà ! La prison même dans laquelle elle est devient pour elle une *nouvelle prison*, on ne sait comment ; la lettre qu'elle a écrite, sans changer de place, est *tronquée* on ne sait pourquoi ! Ce ne serait là qu'une inadvertance sans portée, si la confusion des lieux ne conduisait directement à la confusion des idées, et à cet amalgame poétique mais imaginaire de la mort et de l'enjouement qui se mêlent dans la coupe du dernier adieu.

M. Michelet — *Histoire de la Révolution française*, t. VI, ch. IV, p. 166 :

« Transférée le 14 au matin à la Conciergerie, elle écrivit « *le soir* une *longue lettre* à Barbaroux, lettre évidemment « calculée pour montrer par un enjouement (qui attriste et fait « mal) une parfaite tranquillité d'âme. »

Nous avons vu M. de Lamartine embarrassé pour placer l'interruption qui sépare les deux lettres. M. Michelet supprime cette interruption. Suivant lui, Charlotte de Corday n'aurait écrit qu'une seule et longue lettre, le soir du 16 juillet, à la Conciergerie.

Mais alors que devient l'épigraphe de cette lettre : « Aux prisons de l'Abbaye? » et ces mots : « De la ci-devant chambre de *Brissot?* » lequel était lui-même détenu en ce moment à l'Abbaye — et enfin ce début de la seconde lettre : « Ici on m'a transférée à la Conciergerie... je continue...? »

La lettre avait donc été commencée à l'Abbaye ; elle a été écrite en deux fois, en deux prisons différentes.

Cette rectification, nous le montrerons bientôt, détruit

l'hypothèse d'affectation et de calcul que l'éminent historien présente avec bienveillance, mais qui devient un blâme sous la plume d'un autre écrivain (1).

M. Louis Blanc — *Histoire de la Révolution*, t. IX, ch. III, p. 93 : « Rien de plus mêlé que le style de ce document.
« On y trouve certainement de la force, des élans de sensi-
« bilité, de l'élévation, une âme maîtresse d'elle-même,
« mais à côté de cela, une affectation manifeste d'enjouement,
« un ton de plaisanterie qui ressemble trop à un calcul, une
« préoccupation de gloire toute païenne... » (P. 94.)

Suivent des extraits pris au hasard et des phrases citées sans suite.

Rien, en effet, n'est plus mêlé que le style de ce document quand on en mélange les diverses parties ; mais qu'on replace chacune d'elles à sa date, dans sa situation, à son point de vue véritable, et on arrivera à une appréciation directement contraire. C'est ce que nous allons essayer de démontrer en mettant l'analyse des deux lettres en regard de la procédure.

La première lettre est composée de deux feuillets format petit in-quarto : six de ces feuillets sont entièrement remplis,

---

(1) M. de Barante, *Histoire de la Convention*, t. III, l. V, p. 198, présente les faits de la même manière, mais il ajoute : que la lettre adressée à Barbaroux était *datée de la chambre de Brissot*, ce qui revient à dire que Charlotte aurait écrit de la Conciergerie une lettre datée de l'Abbaye. — « Brissot ne fut transféré à la Conciergerie que le 6 octobre, pour être jugé le 24 avec les Girondins. Il était à l'Abbaye depuis le 26 juin, lorsque Charlotte de Corday y fut incarcérée, et elle lui succéda dans cette chambre, qui était la prison des nouveaux arrivants, comme Brissot avait lui-même succédé à madame Roland. » (*Mémoires de madame Roland*, vol. II, p. 95.)

et le septième est inachevé. On lit ces mots en tête de la lettre : Aux prisons de l'Abbaye, dans la ci-devant chambre de Brissot, le second jour de la Préparation de la Paix.

Ces dernières expressions sont tout à la fois une date et un symbole choisi par Charlotte de Corday pour désigner indirectement la mort de Marat, et montrer qu'elle n'avait frappé dans l'Ami du Peuple que l'ennemi de la Paix publique. L'intention de présenter la mort de Marat comme la préparation de la Paix, se retrouve traduite et développée plus bas, dans les lignes qui suivent le récit de l'événement : « Puisse la Paix s'établir aussi promptement que je la désire ! Voilà un grand préliminaire ! sans cela nous ne l'aurions jamais eue... » Et ailleurs : « Il faut du moins fonder la Paix, le gouvernement viendra quand il pourra. » (*Lettre à Barbaroux*, p. 5, verso.)

Ce sont les mots inscrits en tête de l'Adresse aux Français « amis des Lois et de la Paix ; » et c'est encore par un appel aux *vrays amis* de la Paix que se termine la dernière lettre de Charlotte. Sa préoccupation constante est de faire apparaître l'acte sanglant qu'elle s'est imposé sous l'aspect de la Paix rendue à la patrie, de la Pacification de la France ! C'est là pour elle une devise, presque un mot d'ordre (1).

---

(1) Tel était celui de l'Assemblée de Résistance, nettement indiqué dans ses proclamations. « La force départementale qui s'achemine vers Paris ne va pas chercher des ennemis pour les combattre ; elle va fraterniser avec les Parisiens, elle va raffermir la statue chancelante de la Liberté ! » L'armée fédéraliste espérait qu'arrivée sous les murs de Paris, elle serait accueillie par la population honnête, et que tout se terminerait comme au 29 mai entre le bataillon de la Butte-des-Moulins et le faubourg Saint-Antoine. Il est probable qu'en se préparant à la guerre, les chefs du mouvement départe-

La date n'est pas exprimée par des chiffres ou par des nombres en toutes lettres, mais elle contient une indication qui en est l'équivalent.

La mort de Marat avait eu lieu dans la soirée du samedi 13 juillet; la lettre datée du second jour de la préparation de la Paix, ce qui n'est autre chose que la mort de Marat, est donc du lundi 15 juillet, vers le soir.

Ce même jour, et aussi vers le soir (1), Charlotte adressait au comité de sûreté générale une demande que nous avons insérée dans le premier dossier, p. 64, n° 26, et qui commence en ces termes :

« *Puisque j'ai encore quelques instants à vivre,* pourrais-je espérer, citoyens, que vous me permettrez de me faire peindre, etc... »

Comment Charlotte de Corday pouvait-elle savoir qu'elle avait encore quelques instants à vivre? Comment pouvait-elle s'énoncer à cet égard avec une sorte de certitude, en face du comité de sûreté générale? A quelle circonstance sous-entendue faisait-elle allusion par cette phrase qui commence sa lettre, et semble se référer à un fait connu du comité lui-

---

mental et les députés réfugiés se défendaient de la pensée d'être les auteurs de la guerre. Ils ne voulaient que *résister à l'oppression*; ils prenaient pour devise de leurs bannières : *Les Lois ou la mort!* Ils étaient donc amenés à professer une sorte de culte pour *la paix.* C'est à cette espèce de dogme politique que pouvait faire allusion Charlotte de Corday par cette répétition si remarquable de la même idée, et Bougon-Longrais, qu'elle désigne spécialement comme « un homme sensible et aimant la paix », devait être un de ces vrays amis de la paix auxquels elle fait appel dans son adresse aux Français et sa lettre à Barbaroux.

(1) C'est Charlotte elle-même qui le dit dans sa lettre du mardi : « J'avais eu une idée hier soir de faire hommage de mon portrait au département du Calvados, mais le Comité de salut public, auquel je l'avais demandé, ne m'a pas répondu. »

même ? C'est dans les actes de la procédure que ces questions trouvent leurs réponses.

Au moment où Charlotte de Corday fut jugée, le tribunal révolutionnaire procédait non-seulement avec régularité, mais même avec une certaine lenteur ; les accusés ne comparaissaient pas directement à l'audience : ils étaient interrogés, il y avait une instruction préliminaire, un jugement de renvoi et de prise de corps était rendu contre eux ; ils n'étaient transférés de la maison d'arrêt dans la maison de justice qu'après la notification de ce jugement. On leur notifiait, en outre, la liste des jurés, celle des témoins ; ils étaient donc avertis du jour du jugement par les actes que nous venons d'indiquer, par le fait de leur translation à la Conciergerie du Palais, et enfin par la citation à comparaître qui leur était donnée la veille, au plus tard, par les huissiers du tribunal (1).

Or, le lundi soir, Charlotte de Corday était encore à l'Abbaye.

L'acte d'accusation, le jugement de prise de corps, les notifications, n'avaient pas eu lieu, comme on peut s'en con-

---

(1) La citation directe devant le Tribunal Révolutionnaire ne fut introduite que par la loi du 22 prairial an II : « L'accusé sera interrogé à l'audience et en public. La formalité de l'interrogatoire secret qui précède est supprimée comme superflue. » (Art. 12.) Ce que nous avons dit de la lenteur relative du Tribunal Révolutionnaire, pendant les premiers mois de son existence, est établi par le dépouillement d'un grand nombre de dossiers que M. Campardon a bien voulu faire pour nous. La notification de l'acte d'accusation précède constamment la comparution à l'audience de plusieurs jours, et celle des jurés et des témoins est toujours donnée au moins 24 heures à l'avance. Plus tard, les citations furent remises la veille de l'audience à une heure assez avancée : c'est ce qu'on appela, dans le langage des prisons, *le journal du soir*.

vaincre en examinant la date de ces différents actes, qui sont tous du mardi 16. — (*V.* deuxième dossier, p. 70 , pièces n°s 2 à 15.)

Dès lors, le lundi 15, la nuit étant arrivée, et ces formalités préalables ne pouvant plus être remplies, il était certain que l'accusée ne serait pas jugée le lendemain. Sans doute elle ne pouvait pas faire elle-même un tel calcul, mais elle était environnée, dans la prison, de personnes qui pouvaient le faire pour elle : huissiers venant pour leur service, défenseurs officieux, visiteurs, concierges. On sait qu'elle se louait de ceux-ci, déclarant qu'ils avaient été pour elle les meilleures gens possible.

Elle était d'ailleurs en contact avec les membres du Comité de surveillance. Le Comité, malgré le décret de renvoi de l'accusée devant le tribunal, était resté saisi de l'affaire ; il avait gardé le dossier, il poursuivait une information active, qui lui avait fait découvrir cette *voyageuse* dont parle Charlotte (1), les voyageurs avec lesquels elle était venue de Caen, des témoins compromettants pour Fauchet.

L'accusée elle-même avait été interrogée par les membres du Comité, et ils avaient pu lui faire savoir que probablement elle ne serait pas jugée le lendemain. (Voir sa déclaration à l'audience : « *le Comité de salut public m'a promis,* » *infra,* p. XXXII.)

Cette probabilité étant devenue une certitude, le lundi soir on remarque que son attitude se modifie. Jusque-là

---

(1) C'est par la voyageuse qui était avec moi qu'ils ont su que j'avais parlé à Duperret (page 1 verso, ligne 6). Les éditeurs précédents avaient tous lu et imprimé *Les voyageurs*, ce qui est incompatible avec le mot *était* qui suit. Nous verrons cette voyageuse citée comme témoin aux débats.

elle était restée immobile, s'attendant à être jugée sans forme de procès, et à comparaître d'un instant à l'autre devant le tribunal. Aussi, n'avait-elle rien entrepris qui pût comporter une certaine durée. Elle passait son temps, dit-elle, à écrire des chants patriotiques et à donner aux Parisiens le dernier couplet de l'Hymne aux Hommes du Nord de Girey Dupré (1). Mais la perspective d'un sursis se présente. Ce n'est pas assurément l'espoir de la vie, c'est seulement l'ajournement de la mort immédiate, attendue jusqu'alors. L'accusée peut compter sur une journée entière : aussitôt,

----

(1) Cet hymne, ayant d'abord paru sans nom d'auteur, fut attribué à Valady, mais il est de Girey Dupé. (V. Vaultier, *Souvenirs du Fédéralisme*, p. 70 et 71. — Et la note de M. Mancel, p. 275.) Voici les deux derniers couplets de ce chant, qu'on appela alors la *Marseillaise des Normands*.

> Saintes lois, liberté, patrie,
> Guidez nos bataillons vengeurs ;
> Nous marchons contre l'anarchie,
> Certains de revenir vainqueurs.
> De Septembre tristes victimes,
> Vos bourreaux vont être punis,
> FRANCE, tes lâches ennemis
> Vont enfin expier leurs crimes.
> Aux armes, Citoyens ! etc.

POUR LA VILLE DE CAEN.

> Cité républicaine et fière,
> Caen, sois la Marseille du Nord,
> Porte toujours sur ta bannière :
> *Le règne des lois ou la mort !*
> Dans ton enceinte hospitalière
> Tu reçus nos représentants.
> Ah ! qu'aux Français reconnaissants
> Ta gloire à jamais sera chère !
> Aux armes, Citoyens; terrassez les brigands !
> La loi, c'est le seul cri (*bis*), c'est le vœu des Normands.

elle va mettre le temps à profit : elle demande pour le lendemain un peintre en *miniature*.

Elle prévoit qu'elle aura encore à subir pendant plusieurs nuits la présence des gendarmes, et elle insiste pour qu'on la laisse dormir seule.

Enfin, elle songe à ses amis, à la promesse qu'elle a faite de rendre compte de son voyage, et elle se met à l'œuvre avec la liberté d'esprit d'une personne qui ne craint pas d'être interrompue, et qui commence un long récit : « Vous avez désiré le *détail* de mon voyage, je ne vous ferai pas grâce de la *moindre anecdote...* »

Alors sa plume court sur le papier, et elle se livre à ce qu'elle appelle elle-même la légèreté de son caractère, et ce que nous appellerons, nous, un penchant visible à l'ironie. Lorsqu'elle écrivait à son père, sur les députés réfugiés à Caen, elle traçait leurs portraits, et malgré la gravité de la situation et du dessein qu'elle avait déjà conçu, elle se permettait sur leurs personnes des plaisanteries dont elle s'accuse (page 5, ligne 2, de sa première lettre). Ici elle va être la même : à mesure qu'un nom ou qu'un souvenir se présente à son imagination, il provoque une mordante épigramme.

Elle raille d'abord les Montagnards de la diligence, dont les propos sont aussi sots que les personnes désagréables, et elle immole particulièrement celui qui lui offre à première vue sa fortune et sa main. La tournure railleuse de son esprit se peint bien dans cette scène qu'elle rapporte : « Nous jouons parfaitement la comédie ; il est malheureux avec autant de talent de n'avoir point de spectateurs ; je vais chercher nos compagnons de voyage, pour qu'ils prennent leur part du divertissement.... » Puis elle arrive à l'exécution de son projet ; mais l'idée de Marat se présente, et en passant, elle lance un trait mordant *aux Mânes de ce grand Homme !* trait aussitôt relevé par un mouvement où respire un sentiment si national. « Pardon, humains ! ce mot déshonore votre espèce…. grâce au ciel il n'était pas Français (1) ! »

De Marat, Charlotte passe à Chabot, qui a l'air d'un fou, et à Legendre, dont elle châtie la suffisance. Camille Desmoulins, si bon juge en fait d'esprit et de style, a relevé ce passage de la lettre à Barbaroux, comme un modèle de fine plaisanterie.

« Au fond, dit-il dans un de ses pamphlets, en parlant de Legendre, c'est un excellent patriote, qui ne manque pas de bonhomie et qui n'a que le défaut de se croire, après dîner, le plus grand personnage de la république…. Il paraît par la lettre de Charlotte Corday, qu'au premier abord elle avait deviné cette maladie de notre homme.

« J'étais présent chez ce pauvre Marat, lorsque Legendre lui demanda : « N'est-ce pas vous qui êtes venue chez moi ce matin, et qui vous êtes dite « religieuse ? Sûrement vous vouliez me tuer. » Ni la gravité de la situation, ni le trouble du meurtre qu'elle venait de commettre, ne lui déroba dans cette question le côté comique que Molière n'aurait pas mieux observé. Elle saisit finement au fond de l'interrogation l'étonnement de l'amour-propre de Legendre, de ce qu'une femme qui venait de tuer le premier homme de la Montagne ne lui eût pas donné la priorité; et dans sa lettre à Barbaroux, en parlant de cette question de Legendre, elle se moque de ses prétentions au martyre. » (V. Paul Delasalle, Ch. Corday, p. 297). Camille Desmoulins rappelait ici ces mots de la lettre de Charlotte : « Legendre voulait m'avoir vue le matin, moi qui n'ai jamais songé à cet homme. Je ne lui crois pas d'assez grands moyens pour être le tyran de son pays, et je ne prétendais pas punir tant de monde. » (Page 3ᵉ, ligne 4ᵉ.)

Les dernières paroles attribuées à Marat ramènent une

---

(1) Il est assez difficile, a dit M. Bovet dans son intéressante notice sur Marat Quérard, 2ᵉ année, p. 463, d'assigner une patrie à Marat; né à Boudry, canton de Neufchatel, au moment où la Prusse en avait la suzeraineté, il est parfois appelé *l'Araignée prussienne* dans les pamphlets du temps.

nouvelle raillerie à son adresse : « Il me dit, *pour me conso-
ler*, que dans peu de jours il vous ferait tous guillotiner à
Paris..... Si le Département met sa figure vis-à-vis celle de
Saint-Fargeau, il pourra faire graver ses paroles en lettres
d'or. » — Il faut se rappeler qu'on avait attribué à Lepelletier mourant les paroles suivantes : « Je suis satisfait de
verser mon sang pour la patrie, j'espère qu'il servira à
consolider la liberté et l'égalité, et à faire reconnaître ses
ennemis. » Ces mots avaient été gravés sur la tombe de
Lepelletier, en vertu d'un décret de la Convention, et repro-
duits sur les bustes, portraits, médailles, qui lui furent
consacrés. C'est à cette circonstance que faisait allusion
Charlotte de Corday : on sait que sa prévision était
juste, et que Marat devint le pendant obligé de la victime de
Paris.

Là s'arrête la première partie de la lettre de l'Abbaye,
commencée le lundi soir, et tracée à la lueur d'un flambeau,
si l'on s'en rapporte aux traces de cire encore remarquables
sur le papier. La teinte de l'écriture change complétement,
et nous dirions celle du style, à compter de ces mots : « je
ne vous ferai aucun détail de ce grand événement » (feuillet
troisième, *in fine*). Charlotte paraît avoir renvoyé au lendemain les détails du fait en lui-même, qu'elle n'avait pas
abordés dans la première partie de son récit. La seconde
partie aurait été écrite le mardi matin, comme l'indiquent
ces mots de la cinquième page : « Je jouis délicieusement
de la paix depuis deux jours » (le dimanche et le lundi). Ces
pages n'ont déjà plus l'enjouement des précédentes; elles
sont d'un style simple, rapide, et touchent successivement à
divers sujets sérieux.

La revue des volontaires le 7 juillet, le mot de Petion,
l'émulation patriotique qui s'empare de Charlotte à la vue

de tant de braves gens ligués contre un seul homme qu'ils vont manquer et qu'elle veut sacrifier avant eux sur la cime de la Montagne ; son projet de mourir d'abord incognito, et le bonheur qu'elle éprouve d'avoir fondé *la Paix* : tout cela est dit sans recherche, dans le style d'un compte rendu tracé au courant de la plume, et rehaussé de quelques idées élevées ou gracieuses, mais généralement graves.

Charlotte place ensuite son père sous la sauvegarde de Barbaroux et de ses collègues. Elle ajoute un mot de souvenir pour ses chers amis aristocrates, et pour elle-même une allusion classique au repos dont elle compte jouir dans les Champs-Elysées auprès de Brutus (1).

Elle va finir — lorsqu'un hasard fait jaillir de l'esprit

---

(1) Ce souvenir de l'antiquité a valu à Charlotte de Corday le reproche d'avoir montré une préoccupation de gloire toute païenne (Louis Blanc); d'avoir songé aux Champs-Elysées et non à Dieu (Paul Delasalle). Ce n'est pas ici le lieu de discuter le caractère même de Charlotte de Corday : nous le ferons ailleurs. Nous ne pouvons toutefois nous empêcher de dire que selon nous il y a là tout simplement une citation conforme au goût du temps. Charlotte de Corday a invoqué le nom de Brutus, comme elle a parlé d'Alceste dans son adresse aux Français. Brutus était d'ailleurs le type à l'ordre du jour. Nous aurons tout un chapitre à consacrer au rôle que cette figure joue dans la révolution, et spécialement dans l'épisode de Charlotte de Corday, dans les derniers moment de Marat, etc.

Quant à l'absence de l'idée de Dieu, du Dieu de l'Évangile et du christianisme, on ne parlait dans la chaire que du *législateur* des chrétiens, dans le monde que de l'Être suprême de J. J. Rousseau, témoin ce passage de madame Rolland prête à se donner la mort :

« Divinité, Être suprême, âme du monde, principe de ce que je sens de grand, de bon, et d'heureux, toi dont je crois l'existence parce qu'il faut que j'émane de quelque chose de meilleur que ce que je vois, je vais me réunir à ton essence ! » Nous dirons du langage de madame Rolland ce que nous avons dit de celui de Charlotte de Corday :

C'est le langage du temps !

moqueur de la jeune fille un mot piquant sur les gendarmes et sur Chabot (1), le seul de ce genre qu'on rencontre dans cette partie de la lettre, et qui est plutôt de la raillerie que de la gaité.

C'est ici que Charlotte de Corday est interrompue, et que la scène va changer.

La veille, à neuf heures du soir, le dossier est enfin parvenu à l'accusateur public (V. p. 67). — Impatient de saisir sa proie, Fouquier-Tinville presse l'instruction de l'affaire. Sur sa requête, une première ordonnance est rendue par le Président du Tribunal Révolutionnaire, portant que l'accusée sera transférée à la Conciergerie pour subir par-devant lui un interrogatoire.

Vers dix heures, Charlotte de Corday est amenée à la Conciergerie et déposée provisoirement dans cette prison.

A onze heures, elle est conduite dans une des Salles de l'auditoire du Palais de Justice, et là elle comparaît devant le président du tribunal, Montané, faisant les fonctions de magistrat instructeur.

On peut lire dans le premier dossier ce long et curieux interrogatoire (p. 39-63).

Dans toute la première partie, il n'est pas question de la lettre commencée par Charlotte. Montané la connaît cependant, car la prisonnière était gardée à vue. Elle a été observée, et le magistrat a été prévenu de ce qu'elle a fait, mais sans doute il a voulu obtenir des révélations volontaires; il l'a pressée de questions pour l'engager à avouer qu'elle a eu

---

(1) Chabot, le cynique Chabot! était près d'elle; il l'examinait avec une impudence extrême. (*Anecdotes par Harmand de la Meuse.*)

des complices et qu'elle n'a agi que sous leur influence (1). Ce n'est que vaincu par sa résistance, qu'il lui adresse cette demande :

D. Si Elle n'a point écrit une lettre *aujourd'hui ?* (1)

R. Qu'elle en a commencé une qui n'est point encore achevée, qu'elle a dans sa poche, laquelle elle a à l'instant tirée en demandant la permission de l'achever et l'envoyer, ou du moins de l'envoyer nous-même après l'avoir lue.

D. A qui s'adresse cette lettre ?

R. Que c'est à Barbaroux.

D. Si Elle avait eu quelques conversations avec Barbaroux ?

R. Qu'elle n'en avait eu aucune autre que relative à l'affaire de la dame Forbin.

D. Si Barbaroux lui a demandé le détail de son voyage et s'il en connaissait le motif ?

R. Qu'effectivement Barbaroux lui a demandé le détail de son voyage par une lettre qu'il lui écrivit, mais qu'il n'en connaissait pas le motif, et qu'elle est fâchée d'avoir brûlé la lettre de Barbaroux, parce que nous y verrions que tout le monde ignorait son voyage.

D. A Elle représenté que si Barbaroux n'eût pas été informé du motif de son voyage, il ne lui aurait pas promis le secret, et que, d'ailleurs, elle ne

---

(1) Je suis convaincu et je démontrerai, en publiant le procès de Montané, qu'il a voulu sauver Charlotte de Corday.

(2) Il semblerait résulter de ces mots que la lettre de l'Abbaye n'avait été commencée que le mardi matin. Mais Montané avait pu ignorer que le commencement avait été écrit le lundi soir (peut-être en contravention aux règlements de la prison). On ne comprendrait pas que Charlotte eût mis en tête de sa lettre « Du second jour de la préparation à la paix », si elle n'avait pris la plume que le mardi ; elle aurait dit en ce cas : du *troisième jour*, parce que le mardi était en réalité le troisième jour écoulé depuis la mort de Marat. Au reste, peu importerait qu'elle n'eût écrit que le mardi matin. Ce serait toujours avant sa translation à la Conciergerie, et conséquemment dans la même situation d'esprit que la veille, c'est-à-dire avec la perspective d'un certain délai devant elle.

se serait point étendue d'une manière si complaisante, dans la lettre en question par elle commencée aujourd'hui, sur l'assassinat par elle commis en la personne de Marat?

R. Que comme cette lettre est pour plusieurs personnes, elle est entrée dans plus de détails.

L'interrogatoire se termine ainsi :

« Avons à l'instant, avec ladite Corday, ledit Accusateur Public et notre commis-greffier, cotté et paraphé ladite lettre dont est question, commencée par ladite Corday, contenant six pages et trois lignes d'une septième, et a ladite Corday signé avec nous, ledit Accusateur Public et le commis-greffier. »

La découverte d'une correspondance avec Barbaroux était chose importante. Au point de vue politique, c'était une arme contre les Girondins ; au point de vue judiciaire, c'était une charge contre les prévenus de complicité. En conséquence, la lettre fut considérée comme pièce à conviction, et saisie suivant les formes légales. Les feuillets furent cotés, c'est-à-dire numérotés avec paraphe, signés par l'accusée et le président, et la dernière page fut revêtue, à l'endroit où l'écriture était interrompue, de la formule sacramentelle *ne varietur*, avec le contre-seing du greffier.

Voilà l'explication des sept signatures CORDAY, accompagnées d'autant de signatures MONTANE, que l'on remarque sur la lettre fac-similisée.

Le but de ces formalités était de constater l'état et l'identité de la pièce saisie pour l'annexer à la procédure. Cette première lettre ne fut donc pas rendue à l'accusée ; — elle demanda qu'on l'envoyât à son adresse : on le lui promit, peut-être pour l'engager à continuer les confidences par elle commencées. — Nous la verrons, se fiant en cette promesse, écrire de nouveau à Barbaroux lorsqu'elle fut transférée à la Conciergerie; mais la lettre ne parvint jamais à sa destination.

Cependant, l'interrogatoire avait occupé une partie de la journée. Après l'avoir subi, l'accusée fut reconduite à l'Abbaye. Immédiatement, Fouquier-Tinville dressa l'acte d'accusation et requit le tribunal de rendre, contre Charlotte de Corday, un jugement de prise de corps, afin qu'elle fût transférée de la maison d'*Arrêt* de l'Abbaye à la maison de *Justice* du Palais (p. 68, *infra*).

Le jugement rendu fut aussitôt notifié à la Municipalité, aux concierges des deux prisons, à l'accusée elle-même; celle-ci fut conduite une seconde fois à la Conciergerie et définitivement écrouée dans cette maison. Il était donc tard lorsque Charlotte put reprendre sa lettre ou plutôt en commencer une nouvelle.

Cette lettre, sur papier grand in-quarto, remplit un feuillet et demi; elle commence par ces mots : « Ici l'on m'a transférée, » et elle porte cette date finale : « Mardi 16, à huit heures du soir. »

La lettre de la Conciergerie forme le contraste le plus complet avec celle de l'Abbaye, surtout avec les pages écrites le lundi soir. A une narration enjouée, écrite en toute liberté d'esprit et sans préoccupation de l'heure qui va suivre, succèdent de graves pensées, des recommandations suprêmes, et l'image du supplice qui s'approche. Chacune de ces lignes renferme une disposition de dernière volonté, et l'ensemble est, à nos yeux, un véritable testament.

Après avoir fait part à Barbaroux du long interrogatoire qu'elle vient de subir, Charlotte de Corday exprime le désir qu'il connaisse cet interrogatoire, s'il est rendu public, la crainte que son Adresse aux Amis de la Paix ne soit pas publiée, l'abandon du projet conçu par elle de faire exécuter son portrait.—«Il est trop tard», dit-elle, et il semble que ce mot lui rappelle que le moment des adieux est venu. Le premier auquel elle songe est le procureur-général du Calvados, Bougon-Longrais : elle sait qu'il est sensible, elle a peur qu'il ne soit affligé de sa mort, paroles bien remarquables quand on les rapproche de la lettre écrite par Bougon-Longrais au pied de l'échafaud, et dans laquelle il s'inspire admirablement du souvenir de Charlotte de Corday ! Elle charge Barbaroux de lui communiquer spécialement cette lettre, comme à un *Ami de la Paix*, dont elle connaît, dont elle croit avoir rempli les vœux !

Vient ensuite, après un mot sur le choix d'un défenseur — pour la forme, — la volonté exprimée de disposer de l'argent qui lui reste. C'est une offrande qu'elle destine aux femmes et enfants des braves habitants de Caen qui se seront sacrifiés pour délivrer Paris.

Après ce legs, dicté par le patriotisme local, la lettre semble terminée par ces mots : « C'est demain que l'on me juge à huit heures... » Mais la pensée du jugement provoque celle de l'exécution, telle qu'elle était alors, rapide, inexorable, sans pitié ni merci, et une allusion aux usages antiques vient se placer sous la plume de Charlotte : « A midi, j'aurai vécu, pour parler le langage romain. » On a reproché à ces lignes de manquer de simplicité et d'affecter une tournure héroïque, comme si Charlotte avait dit ou fait entendre qu'elle mourrait en femme romaine. Il nous semble que la citation ne porte que sur une locution latine, qui, par elle-même, indiquait plutôt l'habitude de voiler l'idée de la mort que l'affectation de la braver. Ce qui suit n'a rien de romain, rien d'un stoïcisme forcé, loin de là : « J'ignore comment se passeront

les derniers moments; — c'est la fin qui couronne l'œuvre...
Jusqu'à cet instant je n'ai pas la moindre crainte... » *Jusqu'à
cet instant!* Il n'y a assurément dans cet aveu aucun faux
héroïsme. Au contraire, lorsque la fin a été couronnée si di-
gnement, on aime à entendre la jeune fille douter d'elle-
même à la veille de l'épreuve décisive, et dire avec la réserve
du vrai courage : «Je ne tremble pas aujourd'hui.... mais demain je ne puis répondre de moi..., les derniers instants seuls
décideront. »

La fin de la lettre n'est plus en réalité qu'un long post-
scriptum, dans lequel se pressent les vœux de l'amitié : Pour
Du Perret, c'est la liberté; pour mademoiselle de Forbin, le
succès de son affaire; à ses amis particuliers elle ne demande qu'un prompt oubli; à Wimpfen, un peu de reconnais-
sance; aux *vrays amis* de la paix, le soin de sa mémoire!

Le style de cette lettre est élevé, sérieux, allant droit au but,
et se détournant à peine pour infliger une petite leçon à Fauchet, et un dernier sarcasme aux mânes du grand homme
qui a manqué le Panthéon. — Mais l'ironie n'est pas de l'enjouement, et ce trait unique ne peut changer le caractère testamentaire qui forme le cachet de la seconde lettre et la dis-
tingue si nettement de la première.

Charlotte écrivit ensuite à son père : ces deux lettres eurent
le sort de la précédente; elles furent saisies et lues à l'audience du tribunal révolutionnaire, comme le constate le
compte rendu des débats (*Moniteur*, année 1793, n° 211).

« On fait lecture à l'accusée de deux lettres qu'elle recon-
naît pour avoir été écrites par elle depuis sa détention. La
première est adressée par elle à Barbaroux, la seconde à son
père.

« *L'accusée.* — Le comité de salut public m'a promis de
faire tenir la première de ces lettres à Barbaroux, afin qu'il

puisse la communiquer à tous ses amis ; je m'en rapporte au zèle du tribunal pour faire tenir la seconde. »

Cet appel à la générosité du tribunal ne fut pas entendu, et la promesse du Comité ou du Président resta inexécutée. Les deux lettres ne parvinrent jamais à leur adresse ; elles furent jointes au dossier, comme pièces saisies, après avoir été revêtues des formalités de justice. C'est ce qui explique les deux signatures *Corday* que l'on voit superposées au bas de la dernière page : l'une est la signature primitive de la lettre, l'autre est la signature de forme que l'accusée fut requise d'apposer sur la pièce pendant le cours des débats, ainsi que l'atteste la constatation faite par le greffier séance tenante : « Troisième et dernière page cottée et paraphée A L'AUDIENCE DU TRIBUNAL RÉVOLUTIONNAIRE du 17 juillet 1793, 2ᵉ de la République, par nous président et le greffier.—Signé Wolff (1). »

On remarque l'absence du nom de Montané. Au contraire, c'est celui de Charlotte qui manque sur la lettre à son père.

On comprend maintenant tout à la fois le rôle que la lettre à Barbaroux joua dans le procès, et le jour que, de son côté, le procès jette sur ce document.

Il en résulte que Charlotte de Corday a écrit, dans deux

---

(1) Suivant une annotation manuscrite qui se trouve sur un précieux recueil de pièces intéressant Charlotte de Corday, que possède la Bibliothèque impériale, le président du tribunal révolutionnaire lui ayant demandé si elle avait fini la lettre qu'elle avait commencée, elle aurait répondu : « Il n'y a plus qu'une phrase à mettre, que voici : « Le chef de l'anarchie n'est plus, vous « aurez la paix ! » Ce mot, recueilli par une personne qui ne connaissait n l'adresse aux Français, ni probablement les lettres à Barbaroux, est curieux, en ce qu'il démontre à quel point était portée chez Charlotte l'idée fixe presque religieuse de la paix.

situations différentes, une lettre saisie à deux reprises et terminée sans que la première partie fût sous ses yeux au moment où elle achevait la seconde. Lorsqu'elle commence à écrire, elle a devant elle une trêve de quelques instants. Elle ignore quand elle sera jugée : ce sera peut-être le surlendemain, peut-être dans quelques jours, mais certainement pas avant vingt-quatre heures : c'en est assez pour elle. Avec l'insouciance de la mort qui est le sentiment général de l'époque, avec le mépris de la vie qui est un des traits saillants de son caractère, ce délai suffit pour lui rendre toute sa liberté d'esprit. Elle sait bien qu'elle n'a pas de grâce à espérer, car, avant de frapper le premier homme de la Montagne, elle a acheté et lu le matin même le jugement prononçant la peine capitale contre les neuf citoyens d'Orléans coupables de quelques voies de fait légères envers Léonard Bourdon, un montagnard de second ordre (Voir l'interrogatoire du 16 juillet, 1er dossier, p. 42); mais elle a devant elle quelques heures assurées, et elle les emploie à raconter son voyage à Paris, comme madame Roland écrivait ses mémoires (1).

Y a-t-il là calcul, affectation? a-t-elle forcé son style à sourire pour déguiser l'état de son âme? Nullement. Elle débute par une sorte d'invocation solennelle au nom de

---

(1) « Qu'a-t-on de mieux à faire en prison, que de transporter ailleurs son existence par une heureuse fiction ou par des souvenirs intéressants ? »—Edition Ravenel, t. I, p. 2. — Et ailleurs (t. II, p. 120) : « Je ferme les trois premiers cahiers de mes mémoires.... et je suis fort étonnée d'avoir écrit environ 300 pages en 22 jours, dans mes instants de liberté d'esprit, lorsque je consacrais encore tant de moments au repos, à la rêverie, au clavecin et à la société, à cause du séjour de madame Petion... » Qui pourrait croire que ces lignes ont été écrites sous le tranchant de la guillotine, qui frappa quelques jours après madame Roland et la mère de madame Petion? — Pour nous, madame Roland sera bien souvent l'interprète de Charlotte de Corday.

Brissot, par ce grand mot : la préparation à la Paix, qui est pour elle une sorte de culte, le symbole de sa foi. Il semble qu'elle s'apprête à écrire un manifeste politique. Point du tout : le manifeste annoncé se transforme et devient malgré elle le récit plaisant, familier, d'un voyage. Ce n'est pas la volonté qui impose à la plume des plaisanteries factices que le cœur dément..., c'est au contraire le naturel qui reprend ses droits et qui substitue aux phrases à effet déjà commencées les saillies d'un esprit ironique. Jeune fille enjouée et railleuse d'habitude, Charlotte de Corday sera dans les prisons de l'Abbaye ce qu'elle était chez madame de Breteville. Elle oublie l'échafaud, elle oublie même le sujet qu'elle a entrepris, et elle se laisse aller au caprice de son imagination, aux épigrammes que provoquent les premiers noms qui s'offrent à son souvenir.

Il est d'ailleurs une faculté de l'intelligence qui ne se contrefait pas comme le sourire, c'est la mémoire, dont le plein exercice atteste incontestablement la sécurité de l'âme et le véritable sang-froid. Dans l'Adresse aux Français Charlotte de Corday cite plusieurs vers de Voltaire, et, vérification faite, ils sont exactement cités (V. 1ᵉʳ dossier, p. 62). Dans sa lettre à Barbaroux, elle rapporte un passage de Raynal, et ce passage se retrouve textuellement dans le volumineux ouvrage de l'historien des deux Indes (1). Elle est donc bien

---

(1) Après avoir dit qu'elle n'a pas voulu compromettre Du Perret et les voyageurs, Charlotte ajoute : « Je soutins ne pas les connaître... Je suivais en cela mon oracle Raynal, qui dit qu'on ne doit pas la vérité à ses tyrans. »

Voici ce qu'on trouve dans l'*Histoire philosophique des deux Indes*, édition de Genève de 1770, tome IIIᵉ, livre XI, p. 197 :

« Les nègres (ce sont les partisans de l'esclavage qui parlent) sont bornés, fourbes, méchants...

« Les nègres, répond Raynal, sont bornés parce que l'esclavage brise

maîtresse d'elle-même, elle ne simule rien, et nous allons en avoir une dernière preuve dans la seconde lettre, qui forme contraste avec la première.

Le sursis entrevu la veille s'est évanoui brusquement. La marche du procès s'accélère — l'heure du jugement est tout à coup fixée au lendemain. Aussitôt le ton de la correspondance se modifie avec la situation. Ce n'est plus là causerie d'une personne qui écrit avec abandon et loisir : c'est une accusée citée à comparaître, qui fait ses dernières dispositions en toute hâte, qui se prépare à mourir, et parle de la mort en termes simples, touchants. A côté de la seconde lettre de Charlotte à Barbaroux, il faut placer la lettre à son père, écrite dans le même moment et sous la même inspiration. Le 15, Charlotte ne s'adresse pas à son père, tant il est vrai que pour elle le moment des derniers adieux n'est pas encore venu. Mais le 16, l'instant fatal approche, et en même temps qu'elle écrit cette seconde lettre à Barbaroux, que nous avons appelée testamentaire, elle demande pardon à son père d'avoir disposé de son existence; elle l'encourage à se réjouir de son sort; et elle montre, en l'ennoblissant par un vers de Corneille (2), l'échafaud déjà dressé pour elle. — Le

---

tous les ressorts de l'âme. — Ils sont méchants, — pas assez avec vous. — Ils sont fourbes, PARCE QU'ON NE DOIT PAS LA VÉRITÉ A SES TYRANS. »

La lecture de Raynal, si fastidieuse par elle-même, devient du plus haut intérêt pour l'explication du caractère de Charlotte de Corday.

(1) « Le crime fait la honte, et non pas l'échafaud. »

Nous prouverons que M. de Corday d'Armont, le père de Charlotte de Corday, était petit-fils, au quatrième degré, de Pierre Corneille, et qu'il se montrait justement fier de cette illustre descendance. Nul doute pour nous que Charlotte n'ait fait allusion par cette citation à une origine qu'elle n'ignorait pas elle-même, et qu'elle n'ait voulu placer son action sous la protection

rapprochement des deux lettres en détermine le caractère et fixe bien la nuance que nous avons signalée dans la lettre de la Conciergerie.

Deux mots résument cet historique et formulent notre pensée :

Sans l'observation des moments, sans la distinction des situations successives, la lettre à Barbaroux devait paraître confuse et donner lieu aux appréciations contradictoires que nous avons combattues.

Eclairée par l'examen des dates et par les actes du procès, elle s'explique et se classe d'elle-même d'une manière aussi naturelle que logique.

Une exacte chronologie était donc le meilleur commentaire de cette lettre publiée tant de fois et cependant si mal connue.

En reproduisant par un *fac-simile* la pièce originale et en l'environnant de tous les détails, qui permettent d'assister, en quelque sorte, à sa composition, nous espérons avoir mis dans une lumière nouvelle ces pages célèbres qui ont fait dire à Louvet : « Ou rien de ce qui fut beau dans la révolution ne restera, ou cette épître doit passer à travers les siècles. » (Mémoires de Louvet, p. 116.)

---

d'un nom qu'elle savait être tout particulièrement révéré par son père. Peut-être est-ce pour cela qu'elle a dit d'une manière vague : N'oubliez pas ce vers *de Corneille*, encore bien que le vers soit de Thomas Corneille et non du grand tragique.

Paris, imp de Ch. Jouaust, r. S. Honoré, 338.

www.ingramcontent.com/pod-product-compliance
Lightning Source LLC
LaVergne TN
LVHW011414170726
843501LV00006B/2202